仲川たけしの川柳と愛言

塩見草映 監修

Shiomi Souei

登壇する仲川たけし

若き仲川たけし

前列中央がたけし
（「航跡」より）

大正

5年　9月15日　現在の愛媛県伊予市に生まれる。

昭和

8年　3月　伊予実業学校（現在の愛媛県立伊予農業高等学校）を卒業。家業の建設業界に入る（22歳）。

16年　広島十一師団電信二連隊に入隊。召集先の中国龍江省で上官の古賀利男准尉の手ほどきを受ける（25歳）。

17年　帰国後、大阪陸軍病院にて本格的に句作をはじめる。

21年　愛媛県川柳文化連盟設立（前田伍健会長）、役員に就任。

22年　3月　仲川たけし宅で句会。

25年　6月「川柳まつやま」創刊号発行。
10月　夕刊エヒメ主催の川柳座談会出席。

26年　3月　日本文学会愛媛川柳文化連盟再出発。
仲川たけし松山市議会議員当選。

27年　4月　春の川柳大会に於て仲川たけ

訪中での会談(「航跡」より)

㊤第18回エヒメ春の川柳大会。
㊧大会披講中のたけし。川柳をしているときが「私の一番楽しい時間」だと語った。

し他6名出席。

29年 松山工業高等学校PTA会長に就任。

30年 長男を遭難事故で失う。これを機に愛媛県PTA連合会会長、全国高等学校PTA連合会会長を歴任し教育界に大きな足跡を残す。

34年 2月「たけし川柳句集」刊行。B6判横綴28頁。
4月23日 愛媛県議会議員選挙初当選。その後、連続6期にわたり県議を務め県自民党幹事長などを歴任。「政争の仲裁の名手」の異名も。

35年 前田伍健川柳葬の葬儀委員長をつとめる。

36年 9月 仲川たけし銀婚表彰記念句会(たけし居)。

37年 愛媛県川柳文化連盟再編成通知(仲川たけし会長名)。

38年 9月「川柳まつやま」近詠選者が仲川たけし、佐伯みどりの共選となる。

㊤昭和51年9月15日、椿神社に建立された《鈴ひけば神とわたしに虹の橋》の句碑と（「航跡」より）。
㊧「仲川たけし川柳句碑建立記念川柳大会」で壇上に立つ。

昭和

40年　3月　香川県木田郡のハンセン病療養施設・大島青松園慰問（12名）。
43年　12月　松山川柳史（松澤鶴水記）刊行。
45年　7月15日　法務大臣感謝状受章。
　　　9月17日　法務大臣感謝状受章記念祝賀会。
49年　12月15日　仲川県議藍綬褒章祝賀記念句会。
50年　3月15日　仲川たけしを励ます会（PTA会館）。
51年　6月19日　仲川たけし句碑地鎮祭（椿会館）。
　　　9月15日　仲川たけし句碑建立（椿神社）。
53年　9月3日　仲川たけし句集発刊祝賀会。
55年　8月31日　参議院議員選挙に立候補し当選、仲川幸男参議院議員祝賀会（にぎたつ会館）。以後12年間にわたり農林水産政務次官、決算委員会理

㊤披講中の仲川たけし。
㊨平成5年 全国川柳作品展で大木俊秀とたけし。

昭和55年に本名の「仲川幸男」で参議院議員選挙に出馬、演説中のたけし。以後、2期12年間にわたり要職を歴任した。

事、参議院文教委員長、農林水産委員長、参議院国会対策副委員長、参議院自民党副幹事長などを歴任。

57年 3月15日 仲川たけし宅からPTA会館に月例句会場を変更。

59年 9月27日 仲川幸男君出版記念祝賀会（「国会の換気扇」、東京會舘）。

60年 4月14日 WHテレビ「国会の裏ばなし」に出演。

61年 「国会にも文化の薫りを」と提唱し短詩文学愛好議員懇談会を創設し幹事長に就任。会長は自民党国会対策委員長で俳人の藤波孝生。

平成

元年 12月19日 「続・国会の換気扇」出版記念祝賀会（東京會舘）。

3年 6月10日 当時任意団体だった日本川柳協会が文化庁から社団法人認可を受ける。（社）全日本川柳協会が誕生。

7月9日 任期を1年近く残し参議院選挙不出馬を表明（75歳）。仲川幸男

平成10年　監修者の塩見草映と。

句碑の前にて（平成16年9月）

㊤「続・国会の換気扇」（平成元年）

㊧平成4年2月12日、東京・丸の内の「東京會舘」大ホールで開催された「続続・国会の換気扇」出版記念祝賀会で謝辞を述べるたけし。

平成

報告会（全日空ホテル）。「国会議員は、死ぬか、落ちるか、手が後ろに回るかしない限り辞めないものなのです。でも暦は嘘をつきませんからね」という名ゼリフが語り継がれる。

11月1日　同協会会長就任。

4年

2月12日　「続続・国会の換気扇」出版記念パーティー（東京會舘）。

6月1日　「続続・国会の換気扇」出版記念パーティー（全日空ホテル）。

5年

4月29日　勲二等瑞宝章を受ける。

6月13日　第17回全日本川柳愛媛大会（ひめぎんホール）。

7月30日　仲川幸男先生叙勲受章祝賀会。

11月7日　仲川たけし句碑除幕式（西山興隆寺）。

12月3日　仲川たけし句碑建立記念川柳大会（西山興隆寺）。

6年

沖縄女子短期大学学長・国吉司図子

句碑除幕式にて
（平成16年９月15日）

除幕式には川柳作家も参列。橘高薫風、今川乱魚、吉岡龍城も駆けつけた。

「忘れられた生命—ハンセン病療養所の人々」と「21世紀へ駆ける日本川柳の群像」

氏に働きかけ沖縄県に初の結社「おきなわ川柳の会」を創設。

7年　11月15日～27日　秋のロングラン研究会（仲川会長宅ギャラリー駅）。

8年　5月18日　川柳句碑建立除幕祝賀会（伊豫稲荷神社）。
9月15日　川柳句碑建立記念川柳大会。

9年　4月24日　伊予市立図書館川柳コーナー開設記念の集い（伊予市立図書館）。
11月15日　伊予市立図書館川柳コーナー開設記念川柳誌上大会句碑除幕式（谷上山展望台）。

12年　6月2日　「忘れられた生命—ハンセン病療養所の人々—」出版記念会（にぎたつ会館）。
10月　まつやま600号を祝す。《伍健音頭万歳に沸く蓮の句座　たけし》。
11月27日　愛媛県功労賞受賞祝賀会（松山全日空ホテル）。

監修者の塩見草映と。

《夕陽燃ゆ恋を育てた山よ川》の句碑の前で。

沖縄本土復帰30年目の平成14年6月9日、糸満市の平和祈念堂にて「全日本川柳2002年沖縄大会」開催。総会でたけしの会長退任表明が行なわれた。

平成20年10月30日、松山市内の子規堂正宗寺にて本葬が執り行われた。

柳友たちと歓談。（平成16年9月15日）

平成

13年　11月3日　「二十世紀の検証　仲川幸男と友人たち―川柳を連れて」出版。

14年　6月9日　沖縄復帰30年・第26回全日本川柳2002年沖縄大会に於いて（社）全日本川柳協会会長を退任、名誉会長に就任。

11月30日　川柳句碑除幕祝賀会（雄郡神社、南海放送本町会館）。

16年　9月15日　川柳句碑除幕祝賀会（谷上山公園）。

18年　1月25日　「愛媛、この百年」出版。

20年　9月10日　仲川たけし卒寿お祝いの会（さわふく）。

10月18日19時50分　悪性リンパ腫のため死去（92歳）。

10月30日　仲川幸男本葬儀式（子規堂正宗寺）。500名参列、弔電2000通以上。

21年　10月18日　仲川幸男先生を偲ぶ会（本町会館）。

はじめに

二つの顔がある。一つは仲川幸男、もう一つの顔は仲川たけしである。

仲川幸男の議員生活のスタートは昭和二十六年四月の松山市議会議員選挙から愛媛県議会議員を経て昭和五十五年六月から参議院議員を務め、平成四年の任期満了をもって政界を引退。この間にあって経済、社会、福祉、スポーツなど多方面にすばらしい活躍をしている文化人でもあった。

もう一つの顔は仲川たけしの雅号で知られる川柳活動である。愛媛県川柳界の第一人者である前田伍健翁に師事し、伍健没後は川柳の大衆化と発展に貢献。川柳まつやま吟社、愛媛県川柳文化連盟、全日本川柳協会を社団法人化するなど川柳の普及発展、川柳の地位向上に貢献した功績は大きいものがある。

本書から川柳への叫びを聴いて欲しいものである。

令和二年一月

塩見　草映

仲川たけしの川柳と愛言 ■ 目次

仲川たけしの川柳と愛言

玄関に今日来る人の好きな花

改造へもしやもしやのモーニング

小包のこの結び目は母のもの

あざなえる縄なり今日をあせるまい

怒鳴ってるほうが負けてる政治劇

俎もうれしい今日は鯛がはね

激論の末席あたり碁のはなし

清濁の濁はうすめて呑めと言う

男とはピンチに見せる土性骨

仲川たけし川柳句碑

鈴ひけば神とわたしに虹の橋　（昭51・9・15　椿神社）

護摩の炎ゆ煙は郷の気を包む　（平5・11　西山興隆寺）

拍手の木霊とかえる祥の風　（平8・5　伊豫稲荷神社）

神祇満つ木漏日の散る石畳　（平14・11　雄郡神社）

夕陽燃ゆ恋を育てた山よ川　（平16・9・15　谷上山公園）

第一章　人間を詠う百句集より

玄関に今日来る人の好きな花

俎もうれしい今日は鯛がはね

初舞台袖の師匠の荒い息

今日の凪明日の怒濤へ櫓を研ぐ

川柳生活主義

生活が川柳を生み、川柳が生活を生む

これが川柳理想論である。

（昭和26年3月）

怒鳴ってるほうが負けてる政治劇

改造へもしやもしやのモーニング

運ですとマイクへかざらない笑い

あの力あの控えめが好きという

音痴また妙なところで手を叩き

うますぎる話の尻尾見た朝日

鍵っ子へ地下足袋をぬぐ参観日

腐っても鯛だと自分だけ思い

　川柳に対してのむつかしい理論もありましょうし川柳界の問題もありましょうが、それはまずさておき、私達はともあれ川柳をこよなく愛し、人生への潤いを求め、川柳の集いによって友情の灯を燃やしたいと思う。

（昭和36年11月）

産院を父の歩幅となって出る

慰謝料へ口説いたセリフまで出され

言わなくて良かった今日の空は晴

婆臭くなるなよ任地からピアス

秘話いくつ尼僧ほのかな女の香

出来の悪い子ですと鼻をうごめかし

尻に火がついたか男しゃべり出し

検察の零れエンマは見透かさず

抜く人が抜いた刀で破邪の剣

退院へ母に着せてる肩パッド

悲しき日酒よお前もなぜ酔えぬ

花手桶隣の墓に少しわけ

心の潤い、それが本当の川柳の醍醐味であり、私達が川柳を楽しむ最終の目的でもある。

（昭和40年5月）

結論は見えて賢いのは黙り

青二才そろそろ人の和をおぼえ

結婚万歳目立たぬ位置に手話が居る

酒が出るらしいどんどん議事早む

雑草でよし仲のよい虫といる

小包のこの結び目は母のもの

噂今日実り華燭の灯がゆれる

造花かと二度もさわってみた造花

興奮のそのあたりから入れ歯鳴る

上げ底のような理論でうすい眉

ライバルのつまずき待ってやるゆとり

はしご車が最後の一人抱く凱歌

日常茶飯事の生活の中に川柳型の姿勢と言うものがあるが、それは一口に言って飾らない誰とでも融和する謙虚さの中でのユーモアではなかろうか。

（昭和40年10月）

女看る医者の目でない目も少し

お立ち酒はや父さんの目がうるみ

窮鳥へ妻へそくりを出すと言う

選ばれたメダカ目出度く宇宙船

愛のバラ刺も一緒に抱くと決め

眉剃って彼の好みの眉をかく

嘘を言う相談医者に呼び出され

校長も酔えば怪しい歌で舞い

共に泣くだけで許せよ貧しすぎ

自慢話三度聞かされ席を立つ

無造作に振る母さんの塩加減

ストレスでない胃カメラが傷を見せ

大臣でさえもゴマする鉢があり

敵の矢をそらしジョークの出る年季

昼酒の女の一理聞いてやる

嫁さんが来る島中のお出迎え

振り上げた拳を札の束が受け

見せ掛けの乱れに敵を誘い込み

乱れそうな心縛って癌見舞う

実力がありそう控えめな社長

私達が日々、川柳に求めている

○詩の核心をつく、求人的なもの

は

○一読後、余韻の残るもの

○最短詩川柳としての言葉の修練

○季語使用と重層性の問題

（昭和41年6月）

墨すって白扇が待つお国入り

つま先が痛む背伸びの五十年

上役のジョーク下手クソでも笑い

政治家に口止めをするほどのアホ

ばあちゃんは大先生よ趣味の会

車椅子同士が肩をたたきあい

立ち直る匂い母だけ嗅いでいる

老人ホーム恋の鞘あて箸が飛び

正論がやんわり曲がる金の効き

ボケてやることに決めたぞ盗み聞き

結納へ家がゆれてる程弾む

落城の秘話笛が鳴る琴がなる

切り札は内ポケットにある自信

流木の夢は昔の青い森

一言を伏せて和解の手を握る

割勘の酒は素直に喉を越す

一人来ぬ人がいるので輪が丸い

二、三回読むと恋文だと思う

飛行機の足おそ過ぎる人が待ち

人生のベテランに見る死んだふり

遺影が笑うジョークの好きな人でした

裏切りの見事航跡さえ見せず

訃の電話なにあの人があの人が

鞄持ちいずれ持たせる夢を抱き

二十年間月例の句会がつづいているのもまた珍しいのではないか。

それなのに何でこんなに川柳がわからないのか、「石の上にも三年」「人生の苦労も十年」と言うのに二十年たってこんな下手くその川柳しか出来ないのか、いささか淋しい。

（昭和42年10月）

頼みごと整理をせよと神が言う

肩車した娘へ明日の荷が揃い

しばらくは佛の顔で聞きながす

誰も知らぬ美女が香焚く通夜の席

外孫を抱けば内孫むきを変え

悪役を母引き受けて愚痴もなし

花嫁の鏡の隅に母の顔

帰り来た燕お前は親か子か

人前の一言妻の乱となり

地蔵さん誰がくれたのネックレス

孫と歌うカミソリ社長深い皺

茶褐色の握手しました選挙戦

誘導尋問妻別口も見逃さず

退院日孫が口紅買って来る

憎んでもやはり骨上げ箸が濡れ

病んでいる狸しっぽを見せて化け

川柳のよさ、川柳の味、川柳のコツ、もうこんな説明の要はないと思うが、これによく似たものにテーブルスピーチがある。

（昭和43年8月）

税務署で名人芸をする社長

補聴器へさあこの内緒どう聞かす

新婚の喧嘩を笑う母二人

俺よりも早く死ぬなよ夫婦箸

第二章

「川柳まつやま」から

（昭和二十五年〜平成十年）

▼昭和25年6月創刊号～

初夏と言ふ風がほたるを三つ四つ

一番星二番星三番星子供の日

凡でよし抱かれて呉れる子が一人

凡欲に矢張り花あり月があり

世相が川柳を要求している。新聞にもラジオにも話題にも川柳が台頭して来た。これからは川柳まつやまを取り巻くみんなで内容のある川柳をつくりあげたいと願うものである。

（昭和46年8月）

妻へ子へ云ひ含ませて立候補

当選のかげに泣く花笑ふ花

蜜蜂の女王やっぱり好き嫌い

急行が止らぬ村の柿が熟れ

男には酔うという手が一つあり

正論を黙殺する気眼をつむり

東京で逢う悪友の若いこと

傷つけたとこがほんとの鉄の色

叱る身にもなってもごらん十二月

日本にもあった女帝を考える

山でよし海でなおよし君と僕

政治とは他人が見ると派手ばかり

▼昭和30年〜

人生の門出に似たる櫻咲く

夢でよい出て来い今夜こそ卓志

自分の残した一句は幾年、幾千年経ってもその時を甦らす一番短い日記である。

（昭和49年10月）

ケルン積むポッリ小石へ木の雫

子におびえ世におびえても恋は恋

思い出の江田島丸とすれちがい

このザイル我と友との血が通う

胴上げへライトが光る万々歳

城でよし寺で又よし永平寺

嵐にも青嵐と言うい丶言葉

雑音のなかに世紀の電波聞く

文樂の眉のいかりが音を立て

別名のダルマ課長に慈愛あり

▼昭和40年～

末席の無口私がやりましょう

俺と同じバッジしたのがいやらしい

法鼓打つ人それぞれのよりどころ

あれこれと心決まらず年が明け

もう来ない宿だが惜しくないチップ

冷房はいや風鈴の風を恋い

瀬戸は凪いま背信の旅終る

考えているのかライバル会釈する

赤門のかなし赤い血赤い旗

あれこれで歯止め人生下り坂

長命の染みと五十がほろにがい

とまり木で会議の敵とうまが合い

遊学の子と靖國の朝を吸う

演台はいま公害を攻めまくり

裸一貫マダムとなった立志伝

我慢することを万博から習い

結ばれておらぬと思う標準語

アイシャドーこれから母でない女

本当の人柄選挙の裏で知り

点滴をもういやがらぬ細い腕

捨てぜりふ後の波紋も気にかかり

床柱きらい屋台のからし味噌

含み針どちらも持ってゆく会議

反省もして川柳の意義深み

我れら川柳がアマ文芸である限り生活のエンジョイをする川柳でなければならないし、楽しいものでなければならない。

（昭和52年1月）

参道の朝元旦の色で明け

動乱の中の議長としての悔

過去を見るここにもあったミステリー

▼昭和50年〜

くぎりよし響きよき春五十年

野球拳から春になる城まつり

激励のこぶし友情それもよし

酒ぬきで仲裁するぞと念を押し

暖冷房四季を唄わぬ鳥となる

あの顔この顔我が躓きを待っている

黒幕の咳が場末になぞどどき

ない袖を振って赤黒のし袋

お遍路のうれしい話願ほどき

決断をする底辺をたしかめる

拳骨もお馬も使い分けて父

人柄へ野党も人の子少し凪ぎ

茶柱はああこの友に会う予感

人生の消ゴムと言う今日の酒

実らない議論が燃えて水中花

はすかいに読んで皆さん異議はなし

広角のおかげで私隅にいる

地団駄をふむふりもまた政治劇

男とはピンチに見せる土性骨

薄切りのハムにも似たり福祉論

人生の誤植のような恋一つ

「心あたたまる川柳を作ろう」
十七文字の中から心の温まる
川柳の作句に努力したい。
（昭和54年1月）

▼昭和60年～

ぎりぎりと奥歯ならしている笑顔

奥行きの深いロマンの政治論

燃えつきる覚悟政道まっしぐら

政治かなし今日も玉虫色で暮れ

還暦が死語になりそう棒グラフ

来年も眞面目にやれと戻り税

元旦のふるさと下駄の音で明け

沈黙は金とは昔よくしゃべる

ローマから電話日本の梅雨の音

河豚の肝食ってるような女と会う

▼平成元年〜

信玄も謙信もいる党本部

てにをはが違う棒読みまだ続き

老いたのか悟りか敵が減ってゆき

ほんものの出世は威張りちらさない

ひとときの人気一円玉が言い

決断がついて歩幅が風を切る

太陽を知らずに咲いた花が売れ

旅なれてチップはここで渡すもの

出るとこに出ても敬語のない若さ

それなりの反旗も妻のテクニック

虎の威をかりてはみたが牙がない

引き立てる役目か俺もカスミ草

親切な嘘のあと味聞かそうか

ラヂオにテレビに各新聞に、また公の機関の扱いに、目を見張るものがあると言っても過言ではない今日、川柳喰わず嫌いの人達に、この味を無理に口に押しこんででも、喰べさせたいものである。

（昭和57年6月）

人生の区切りも祝う五〇〇号

星くずの一つを僕の星と決め

捨て石に敵もさるもの熨斗をつけ

十戒を四捨五入して善と決め

善人の砂塔は風もくずさない

叙勲待つ自分史の糸繰りながら

笑わないジョーク一字が抜けている

面とればどの人もみなお人好し

鬼の首妻のポケットから拾う

九十の天寿へ回る走馬燈

▼平成10年～

故郷はいい石鎚の初日の出

凡庸の終章だろう艶さがす

百面相奉納しよう今年こそ

諸行無常もういいだろうもういいかい

短詩型文学のなかで、川柳はもっとも人間臭い文学である。川柳本来の姿をしっかりと見つめ心豊かな川柳をどしどし発表して多くの柳友との交流をはかって参りたい。

(昭和58年1月)

血圧計持って戦場かけめぐる
新型の恋をしましょう二千年

第三章

「国会の換気扇」から

戦友の顔浮かぶ御社菊花展

鍵穴をさぐり十年一人旅

木漏れ日に光った句碑の苔の青

朱のバラの花弁が隠すトゲと知る

見くびるな愚かではない選挙民

左遷地の水が合ったか花が咲き

八〇年代は物の重みより心の重みが注目される時代でありま
す。

いわば「心の時代」とも言うべきこの時代のために、もろもろの川柳人たちは今まで以上に心をみがくことが大切になってくるであろう。

（昭和59年5月）

悪い夢少々獏が喰い残し

気が付いたとき外堀に水がない

嫁った娘の部屋にぼんやり又座る

折り込みが悪い茶の間が又さわぐ

二日酔い隣たたいた戸に詫びる

新築を誉めてローンの苦にも触れ

顔立ててくれとは嘘を言ってくれ

伯母からの口添えもあり恋進む

看護婦の話題患者の恋らしい

ぎりぎりで無口がすごいことを言う

山いもの余得もあってハイキング

自転車の課長に気がねする新車

せめて川柳の世界だけは有情のドラマを残してゆきたい。
夢二の絵のような川柳を今こそ残したい。

（昭和60年1月）

屋上でお昼休みの小さい恋

子の喧嘩しこりは親に残される

ライバルと肝胆照らす趣味の道

頬張って猿顔中で物を喰い

断酒会うっかり議員酒下げて

哲学が又も変った評論家

三才がエッチぱんつを履くと言う

音痴でも一曲聞いてやる我慢

共犯になりそう相槌小さく打つ

試される英知社長の目と出合い

家中を二分逆転ホームラン

今日と言う日をどう描く白い画布

赤い紐やはりせよ保安帽

人を得て日陰の役が光り出す

それ見ろと株のテレビに祖父が吼え

この金が誰へ届くか募金箱

会う人に皆んな見せたい魚籠をさげ

仏壇の灯とともに聞く除夜の鐘

川柳をたしなむ私達は「学び・遊び・参加する」ことを通じて、川柳を世に発表して、生きがいのある人生を送って行かなければならないと思う。

（平成3年5月）

地下足袋の母カギッ子と手をつなぎ

重箱に隅があるから隅つつく

美辞麗句結局願い開かぬ腹

断崖で知る良い友と悪い友

宿り木の方はどうなる松が枯れ

芝に酔い白球に酔い富士が焼け

減価償却あと人生の設計図

同席の写真を探す訃の便り

忌の顔によく似て来たぞ二三人

大叔父のお盆今年も絽の羽織

老農は休耕田の草を刈る

種分けた向日葵隣だけで燃え

渋滞のガスへ夾竹桃が耐え
嘘言わぬ暦が憎い紅をひく
名工の魔手が繰り出す竹の篭
神聖が遺伝科学に抗議する
不遜にも見える根性見込まれる
御来光私も山の霧に浮き

こんにちは間違わず来た渡り鳥
栄光を盗作という手で受ける
仲直りできた朝餉の爪楊枝
父さんの膝が一番いい末子
門標のとこだけ雪をかいたあと
積善がすくってくれた断末魔

日々、喜怒哀楽がある限り、真情美の川柳の世界が世の中を意義深いものにしてくれる。社会の人々が奥深い喜びと楽しみを共に味わい得るよう川柳の熱いエールを送り続けたい。

（平成4年6月）

正月のプラン受験の子に合わせ
表彰へ救われた子も拍手する
片足を私の里へかけて虹
峰近し両手に余る岩清水
五分粥になった電話がはねて来る
退職の目に流れ星尾を引いて

尺八が娘へ伴奏す嫁ぐ宵
南天も九谷の壺も春の艶
台風一過富士夕焼けて雪を待つ
寝足りした鯉が朝へ跳ねて見せ
宿酔の閻魔密約忘れてる
芸者にも小馬鹿にされた下手な歌

追伸のその一行を書きたくて

ヘア論議さわぐ平和な世を嘆き

のらくろに似た人生をにが笑う

根性のスミレがこんなとこで咲き

鈴虫が金色で鳴く今日よき日

森を背に鳥居をくぐる七五三

廃坑のここから祖父の立志伝
台風禍全山みかん黄に枯れる
紅葉が茶褐色なり台風禍
野菜屋の主婦今さらの台風禍
二度の職三度へ椅子がかたくなり
ローン終わる明日長男も初出社

「形式は内容を整える」

私の一番好きな言葉である。

（平成6年1月）

この松も戦時の傷か松根油

月光を斜に受け羅漢喋り出し

あの歩幅まさか訃報を聞こうとは

替え玉のなげきを落ちた子とながめ

神聖へバイテク唾をはきかける

深夜ふとナースも病める母を持ち

大師たのむ母子遍路に日が暮れる

体より重い発言した墓穴

ダム枯れて鎮守の鳥居こんにちは

ほのぼのと朝刊の記事茶がうまい

この人の欠点はただ自慢ぐせ

龍と虎の一人の龍が弔辞読む

出来得るなれば一冊の自分史を川柳として纏めてみませんか。川柳が生活の分身のような私達にのみ与えられた特典です。それを積み重ねて一冊の句集でも上梓すれば生きた証しとしての大きなポイントでありましょう。

（平成8年1月）

裾裏がチラリ夢二の絵を恋す

桐の花ああ紫の恋五十

奥さんの経済論が消えた株

隠し味などと威張らぬ母の匙

あとがき――解説をかねて――

仲川たけし没後十二年になる今年は、平成から令和へと前進する意義ある年である。疾風の如く駆け抜けた九十年の足跡をまとめてみたいと思っていたが、文才の乏しさからなかなか踏み出せないでいたところ川柳マガジンの竹田麻衣子女史から熱心なお誘いがあり、思いきってみようと腹をくくったところである。

資料が多くあるなかで、その当時活躍した柳人が一人減り、二人減り淋しくなっていて独りよがりの感がしないでもない。私の手先にある資料を拾いながら、あれもこれもと気ばかりあせる毎日を送りながらであることをご了解いただきたいと思う。

川柳の価値を決めるものは社会であることを思い、本書が役に立つことを念じてやまないところである。

令和元年九月

塩見　草映

【監修者略歴】

塩見草映（しおみ・そうえい）

1926年　松山市生まれ
1955年　川柳まつやま吟社同人
2009年　（一社）全日本川柳協会顧問
2010年　川柳まつやま吟社名誉会長
2013年　愛媛県川柳文化連盟名誉会長
編著書　川柳句集「遊心」、「前田伍健の川柳と至言」

川柳ベストコレクション
仲川たけしの川柳と愛言
○
2020年4月24日　初版
監修
塩見草映
発行人
松岡恭子
発行所
新葉館出版
大阪市東成区玉津1丁目9-16 4F　〒537-0023
TEL06-4259-3777㈹　FAX06-4259-3888
https://shinyokan.jp/
○
定価はカバーに表示してあります。

ISBN978-4-86044-589-8